AF336917

FERVEUR

PATRIOTIQUE.

DÉDICACE.

In toto corde, totâ animâ, totisque viribus.

DAIGNE écouter, daigne admettre,
REINE ! ce qu'un vrai-Français
Ose tenter, se permettre.
Dans ses accens reconnais
Combien son ame s'excite
Au doux plaisir qui l'agite
De sentir avec ardeur
Raisonner, parler son cœur,
Quand c'est la force jalouse
De chanter l'auguste épouse
Du meilleur des souverains
Que chérissent les humains.

A 2

AU LIBRAIRE.

J'aurais peut-être fait quelques réflexions de plus, si le bruit de Paris pour le *Te Deum* du 14 du courant, ne m'avait interrompu.

J'ai l'honneur d'être très-parfaitement,

MONSIEUR,

Votre très-humble &
obéissant serviteur,

G.... D. M. DE V.... LAY.

FERVEUR PATRIOTIQUE.

França ! pour resserrer au fond de son caveau
La discorde effrénée, & de sang trop avide,
Il ne fallait pas moins qu'un triomphe nouveau ;
(1) Et, pour parer ses coups, qu'une puissante égide,
La haute fermeté d'un de nos meilleurs rois.
Ami, bon, vertueux, & protecteur des loix,
Ce roi! vous l'avez vu maintesfois sur le trône
Penser au joug pesant qu'impose une couronne
Sur celui qui ne peut compter par des effets
Le charme du bonheur au sein de ses sujets.
Il le sollicitait sans fin, dans l'espérance
De vous faire goûter le fruit de l'abondance.

Est-ce donc sans souci que ce roi parmi vous
A vu se fomenter, s'élever des querelles,
S'agiter des cerveaux de votre paix jaloux,
Et former des sujets dangereux & rebelles?
Au nom de l'attentat vous l'avez vu frémir,
Vous l'avez vu, FRANÇAIS! aussitôt accourir
Pour arrêter des coups dont la parque fatale
(2) Menaçait hardiment toute la capitale.
Sa présence a rendu le calme dans les cœurs,
Et par-tout ses regards ont promis des faveurs,

1. Le roi aux états-généraux à Paris.
2. L'arrivée du roi à Paris, le vendredi 17 juillet 1789.

S'assurant par le don de bonté naturelle
Qu'il ne devrait point être une ame criminelle.

Croyant tous les mortels doués de qualités
Dont avec dignité les cœurs se glorifient,
(1) Il ne s'attendait pas à mille cruautés
Contre les sentimens qui le personifient;
Contre l'intimité de blâmer les forfaits,
De rehausser l'amour & le prix des bienfaits,
De se faire adorer par l'étroite clémence,
De ne rien décider qu'avec sage prudence,
De se concilier l'ame de ses foyers,
De se faire admirer aux confins étrangers,
Et, quittant au matin le duvet de Morphée,
De penser aux moyens d'enrichir la journée.

Il était éloigné de croire qu'un vautour
Abreuvé de ce fiel que vomit la manie
Verrait avec plaisir couler le sang un jour,
(2) Cet hydre monstrueux, dit *l'aristocratie*.
O bon roi ! que ton ame en de certains momens
A dû gémir, pâlir de ses acharnemens !
Combien n'as-tu pas dit, DIEU PUISSANT ! que de crimes
Cet hydre va causer ! quels monceaux de victimes
Vont tomber sous ses coups, & sans savoir pourquoi !
(3) Tu n'as point hésité de te faire la loi

------

(1) Les différentes affaires sanglantes de la rue de Babylone, du faubourg Saint-Antoine, de la rue Mêlée, &c.

(2) Les conjurations sur Paris, les meurtres de Versailles, &c.

(3) Le retour du roi à Paris pour y rester.

De quitter un séjour où l'envie & la haine
Se disputaient le droit, ou de mort, ou de chaîne.

Lorsque de ce séjour tu pouvais te ravir,
On t'a vu préférer à nos vœux de souscrire,
Au milieu de ton peuple extasié dè plaisir
Venir prendre à Paris les rênes de l'empire.
Paris avait toujours, du tems de nos ayeux,
Eté de tous les rois le séjour précieux,
Jusques aux siecles où voulurent des ministres
Etre des souverains les souverains arbitres,
Afin d'avoir bien plus le pouvoir en les mains,
De régir le monarque, asservir les humains ;
Et parmi ces derniers, en trouvant résistance,
A gré traiter contr'eux de cruelle vengeance.

Il leur parut utile de choisir un local
Qui fut à leurs desseins lieu secret & propice ;
Ce lieu ne pouvait être en le lieu capital,
On eût vu de trop près s'élever l'édifice.
Celui qui parut plus être propre à choisir,
Et où la volonté traiterait à desir,
Fut celui d'où la cour vient de faire retraite,
Chose qu'on eût du voir dès long-tems être faite ;
Car c'est de cet endroit que tant d'inquisitions
Ont fait exécuter tant de persécutions.
Combien n'a-t-on pas vu dans pour cela dans nos villes
Multiplier les tours, élever des bastilles.

Le despotisme alors s'accrut par ses suppôts,
Bien par-delà la toise, ou la sphére ordinaire,
Fit redouter les grands, redouter les cachots ;

Toute l'autorité fut dans le ministere.
L'innocent accusé d'un crime capital,
(1) Périssait par arrêt de certain cardinal.
(2) Son second avait-il quelques sujets de haine
Contre les citoyens? au château de Vincennes
Sous de triples verroux puissamment renforcés,
Sans forme de procès ils étaient renfermés,
Jusqu'au tems où l'oubli dans le centre du monde,
Les cachaient à jamais dans sa grotte profonde.

Que depuis on a vu cet agent assassin
Sous sa tombe exhaler une haleine fâcheuse,
Sur sa cendre laisser respirer son venin
A de fameux geoliers de conduite orageuse,
A des barons, des ducs, des comtes, des marquis,
Qui n'avaient pas déjà des sentimens exquis;
Et qui, pour opprimer en se trouvant en place,
Avaient trop souvenir d'une antique menace.
Auraient-ils aisément, répétons, ô Paris!
Vu leurs projets trouver moyens d'être accomplis?
Non, on crut donc la cour devoir être à Versailles;
Mais crut-on nous priver du droit de représailles?

Vous reverrez vos rois, ô pénates sacrés!
Où le trône naquit, s'assura consistance,
Où nos cœurs de tous tems leur furent consácrés,
Leur firent désirer le bonheur de la France.
Où le règnant du jour voit son autorité
Sourire avec plaisir à notre liberté.

----

(1) Le cardinal R.....
(2) Le cardinal M.....

Oui,

Oui, du même plaisir qu'il soulage nos peines,
De toute servitude il veut briser les chaînes.
Il ne veut de cachots pour aucuns des mortels
Que pour ceux notamment reconnus criminels.
Restaurateur des loix, de la nation entiere,
Il veut en liberté qu'on le nomme le pere.

Pour en donner la preuve évidente à nos yeux,
Etonner l'étranger, lui servir de modele,
Peuples! envisagez : que pouvait-il dé mieux?
Il a fait éclater son amour &' son zele,
(1) Dans le centre choisi de nos peres conscripts,
Il a sanctionné leurs solides écrits,
Comme eût fait simplement un citoyen de Rome
Jaloux de protéger la liberté de l'homme,
Et de la disputer à ces grands défenseurs,
Patriotes connus & dignes sénateurs.
Près des nôtres, ce roi sans garde & diadême,
S'est rendu bien certain de se garder lui-même.

Quelle garde! c'étoit ce grouppe de vertus
Qui marchent le graver au temple de mémoire,
Et nous le font chérir avec bras revêtus
De courage en son nom, & de force à sa gloire.
Trop heureux qui l'a vu près nos peres debout,
(Entendant à grands cris se répéter par-tout
Vive, vive le roi, qu'il est cher à la France!)
Nous donner volontiers la plus haute espérance
Des marques de bontés qui sont toutes de lui,

---

(1) C'est toujours l'entrée du roi dernierement aux
états-généraux à Paris.

B

Et d'une probité peu commune aujourd'hui ;
Jurant pour les bienfaits le vœu de sa famille,
Etre pareil aux vœux dont son ame semille.

Un roi qui bonnement prête l'oreille aux vœux
De ces flateurs jaloux que l'astuce environne ;
Est (il l'a réfléchi) souvent roi malheureux,
Qui sent avec douleur le poids d'une couronne
Quand les tems sont passés d'éviter le moment
De connaître un état dans le délabrement.
Que d'états en effet ont vu leur décadence
Par ce fait, & leurs chefs très-près de l'indigence !
Sans ressources, les uns dans la guerre plongés,
Ont fait de vains efforts, les vents étoient changés ;
Et les autres, bercés dans la fade molesse,
Ont flétri leurs lauriers, peris dans la détresse.

Écarté de l'erreur, mon but est, sur la foi,
De tracer [a-t-il dit] une regle certaine,
Pour que mes descendants regnent ainsi que moi.
A mes enfants je veux que l'âge leur apprenne
Ce qu'on doit aux sujets qui se font estimer,
Qui protestent sans fin qu'ils savent nous aimer.
Je veux qu'ils soient en garde à l'encontre du traître ;
Du politique adroit, difficile à connaître,
Du danger de l'envie & de l'ambition ;
Dont le terme est toujours la domination,
Et qu'ils soient éleves dans le nouveau régime
Que la constitution veut tirer de l'abîme.

Sans le bonheur des siens est-il un souverain
Qui puisse se flater d'un bonheur efficace ?

Si loin de soulager il devient inhumain,
Tyrannise sans cesse, & ne fait jamais grace.
Il se rend odieux, largement détesté,
Son trépas tous les jours est trépas souhaité.
Mon fils! pour l'éviter va suivre une carriere,
Parmi vous avec moi d'une telle maniere,
Que, lorsqu'un certain jour, à l'ordre du destin,
Sur le trône à ma place on le verra soudain,
En faisant tout le bien que je désire faire,
On dira en qualités il ressemble à son pere.

La Reine par ma voix vous parle du plaisir
Qu'elle ressent à voir dissiper le nuage
Qui depuis longs delais s'oppose à ce desir
De vous prouver combien elle abhorre l'orage;
Combien dans l'harmonie elle a vu de ressorts
A regret par le trouble assez près des remords.
Le serment qu'elle a fait d'une union mutuelle,
Avec moi pour le bien elle le renouvelle;
Demande à vous aimer dans le sein de la paix
Qu'elle veut protéger, & marcher désormais
Au milieu de vos jeux, des ris & des spectacles,
De la pompe des mains se faire des oracles.

Recevez dans vos bras cette chere moitié,
Je la connois, elle a l'ame de bienfaisance.
Je le dis, & je parle au nom de l'amitié
Que je vous ai vouée, citoyens de la France!
Loin de nous ces agents dont les esprits fâcheux
Sont trop multipliés, & rendons-nous heureux.
Cette Reine avec moi veut blâmer le coupable,
Et former avec vous une chaine durable,

Vous l'aimiez, l'aimerez de même, ces accens
Vous parlent dans le sein, ainsi que je les sens.
Que votre amour pour nous soit toujours univoque,
Certains d'être payés d'un amour réciproque.

Venez, REINE, venez, nos cœurs vous font ouverts ;
Sur les deux horisons le nom de souveraine,
Des genereux Français outrepassant les mers,
Fera sonner les monts, & retentir la plaine.
Le zéphir aux vallons va reprendre son cour,
L'aurore nous promettra un matin de beaux jours ;
Vos bienfaits répétés, célebrés dans l'histoire,
Ne guideront vos pas qu'au sentier d'une gloire
Que tant de courtisans ont tenté d'altérer :
Vous les détesterez, nous osons l'espérer ;
Car, ô ciel! que de gens abusent du sophisme
Près du trône, & s'en font rempart à l'égoïsme.

Venez REINE, aussi - tot reviendront près de nous
Tant de sujets épars en diverses provinces
Qui sans doute en ces lieux desirent être tous,
D'adhérer au serment que donnerent les princes,
D'ecouter avec nous cette équitable voix,
De soulager le peuple, & respecter les loix,
A l'exemple frapant de l'amour d'un monarque
Sur lequels à present le ciseau de la parque
Frémirait d'exercer sa sombre autorité.
Puisqu'il a droit acquis à l'immortalité
Un jour te suffirait, roi si recommandable,
Chez nos derniers neveux tu seras mémorable

Dans ce jour fortuné, ce puissant attribut,
Ton penchant familier a l'ame débonnaire

(1) A fait plus que moitié de ton individu.
On t'a vu protéger jusques au témeraire,
Qui , dans l'activité fesant un coup d'éclat ,
Au fond a signalé le salut de l'état;
S'il est un émigrant qui mérite sa grace,
C'est lui, je le soutiens de chaleur efficace.
Il a fait, j'en conviens , de trop rapides pas ,
Mais nous a prévenu d'éviter le trépas ,
Commandé par un chef d'une gloire famée
Dont la grace aisément ne peut être accordée.

De fait, cet étranger dans les plaines de Mars
Portant de tes Français la couronne civique
En avait-il vraiment attiré les regards,
O Roi! pour tout-à-coup en la scene tragique
Venir sur leurs foyers jouer un rôle affreux ?
De lui donner pardon serait effort pour eux ,
Disent-ils: cependant, si le roi le désire ,
Il sait quel est sur nous son immuable empire ;
Nos cœurs reconnoissants de ses traits de bonté ,
Se feront gloire alors de générosité ;
Quoique taire les torts aggravants de cet être
N'est point chose facile , il faut un coup de maître.

Qu'entends-je ? des tambours , trompettes, & hautbois
De leurs sons éclatans tout-à-coup dans la plaine
Disposent les échos à redire à la fois :
Vive, vive le roi , vive la souveraine
Vive notre dauphin: ce trio de mortels

____

(1) La clémence est l'attribut qui contrebalance la
justice des souverains , comme celle des dieux.

Pour s'immortaliser en face des autels
Vient-il? Oui, me dit-on ; déjà sont sous nos portes
Grand nombre de soldats grossissant des cohortes ,
Qui courent avec joie au lieu de leurs faisceaux,
Volent de rangs en rangs déployer leurs drapeaux ;
D'armes, de boucliers, élevent des trophées,
En forment des sentiers , & des voûtes sacrées.

Aussitôt qu'assuré je marche dans Paris,
En citoyen zélé je cherche ton passage,
O roi ! mais c'est pour voir, de tristesse surpris,
Tout le peuple privé du cri de son hommage,
Pour te faire jouir d'un triomphe nouveau.
(1) Jour à peine, je crois, pourrait être plus beau.
Au doux nom de Bourbon ta famille chérie
De rechef eût reçu le vœu de la patrie.
Ce peuple sur ses pas , dans son espoir trompé ,
Refoule , & je l'entends par ses regrets frappé ,
Dire: ah! le meilleur manque à la réjouissance ;
Le monarque , & les siens, pour fête d'excellence.

Est-il un citoyen , au vrai dans cet état ,
Qui ne chante ton nom jusqu'à sa fin dernière ?
Qui ne soit toujours prêt , capitaine ou soldat,
De répandre son sang pour ta famille entière ?
De l'un à l'autre pole , on dira chaque jour

---

(1) Il est vrai que s'il eût été possible que le roi, la
reine , & sa famille , fussent venus au *Te deum* du 14,
ils auroient joui, quoiqu'on dise qu'ils eussent été
déplacés.

Que ce roi se donnant le véritable amour,
Des sujets de ce temps a joui de délices
De se rendre le cœur de ses sujets propices!
Que vos jours, ô Français! furent délicieux
De vous féliciter de fleurir sous ses yeux!
Craint peu, postérité, sa bonté paternelle
De dauphin en dauphin fera tige nouvelle.

POST-SCRIPTUM.

Je comptais dans la gaîté
Faire agréer cet ouvrage,
(1) La mort habile à l'outrage
M'en ôte la liberté.
Contre-tems désagréable!
Mon desir toujours durable
N'en verra pas moins un jour
Triompher dans l'allégresse,
Au sein de notre tendresse,
Les objets de notre amour.

(1) Le deuil rapport à la mort de l'Empereur.

F I N.

A PARIS, de l'Imprimerie de LAURENS junior, rue
St. Jacques, vis-à-vis celle des Mathurins, n°. 37.

9 782329 093963